為什麼要那麼快？

Why to hurry?

文／羅莉塔・其洛德
圖／蘇維亞・費布里
譯／葉曉雯

塔塔是一隻快樂的烏龜，他總是優優哉哉的在菜園裡玩耍，生活無憂無慮。

遇見朋友時，他總是滿臉和氣的和別人聊聊天氣或心情，享受慢慢的生活。

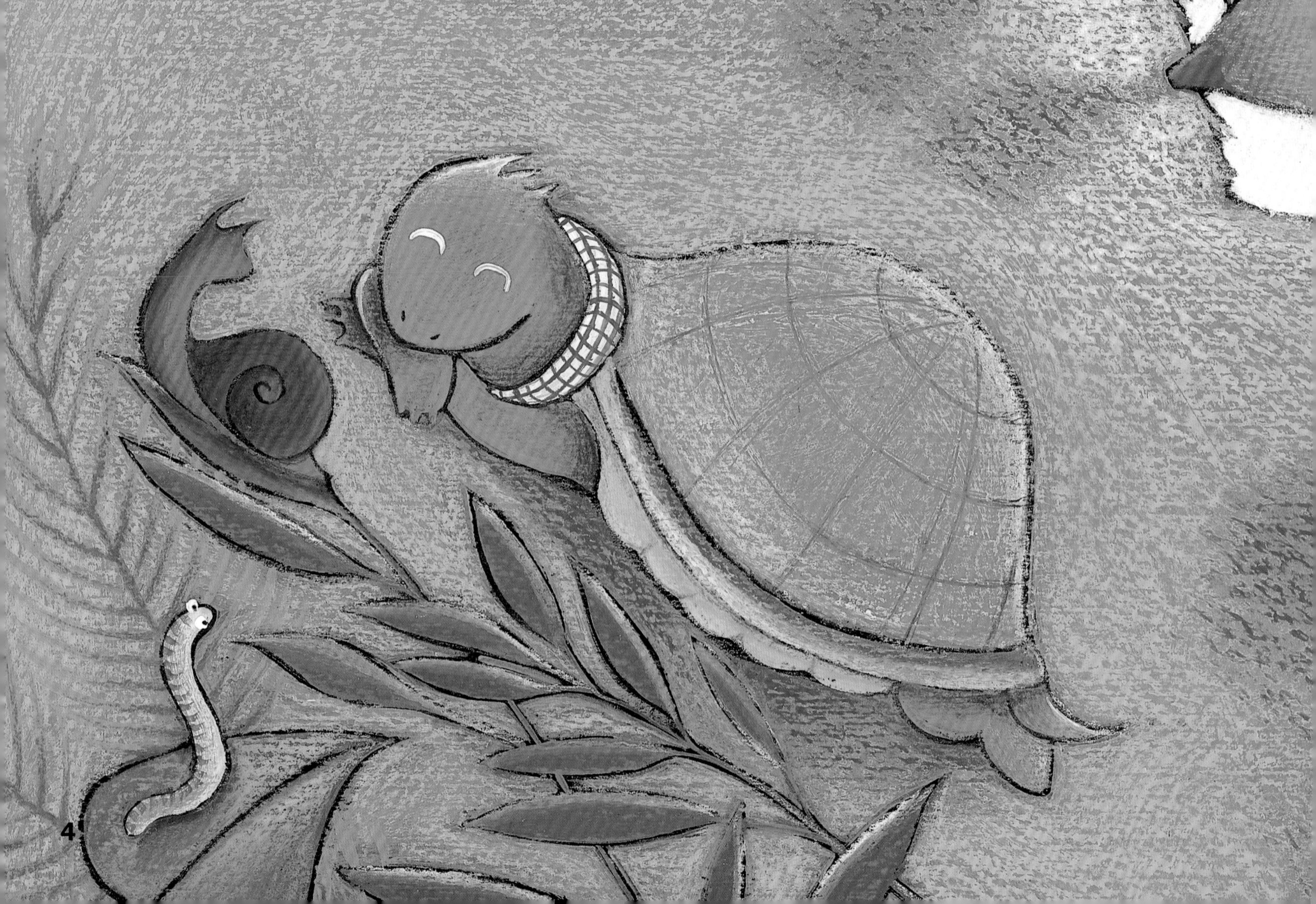

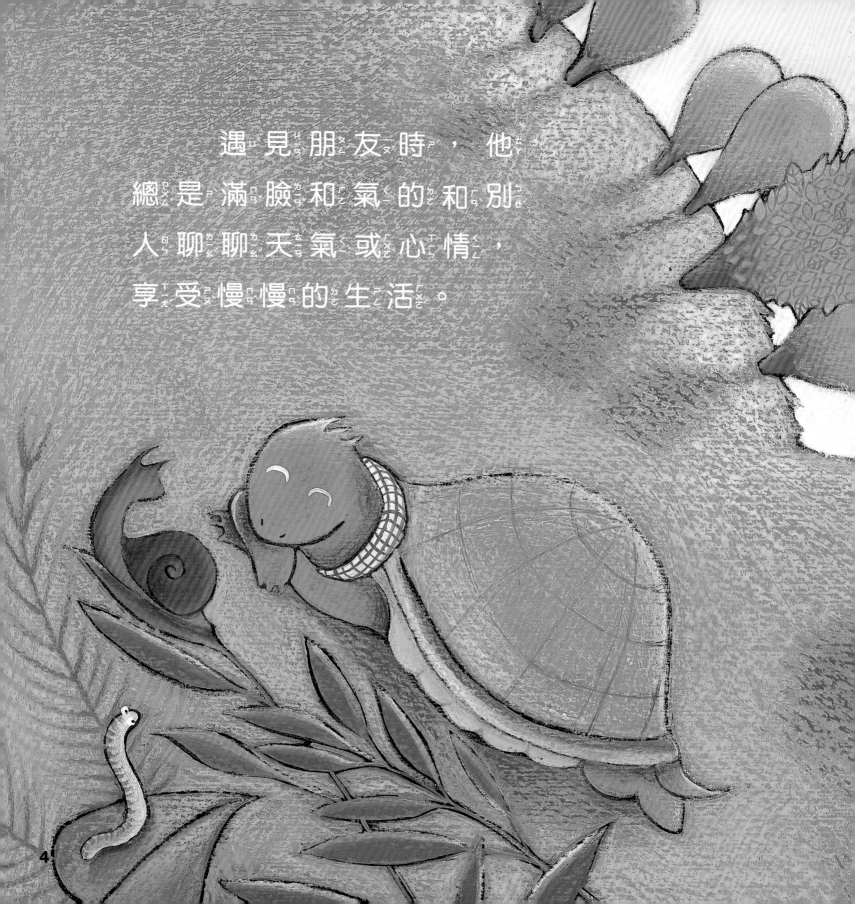

塔塔的脾氣好，三十年都沒生氣過，他也認為天下就是這麼太平。

直到有一天，他聽到一些閒言閒語，讓他的世界開始變得不安寧。原來，大家都在背後偷偷的說：「你看那隻烏龜，動作慢吞吞的！」

塔塔走到磨坊前，看到一列急速前進的隊伍，原來是螞蟻雄兵，他們個個揮汗如雨，背著重重的食物快步向前走。

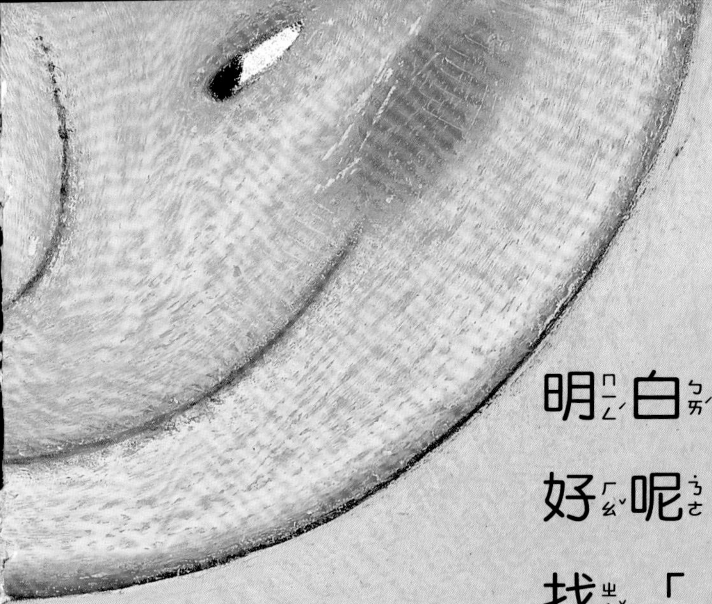

塔塔覺得奇怪，他不明白為什麼「慢吞吞」不好呢？於是，他決定去尋找「快」的理由。

他看到蝴蝶在花叢間飛來飛去，忙東忙西，完全沒有停下來的意思。

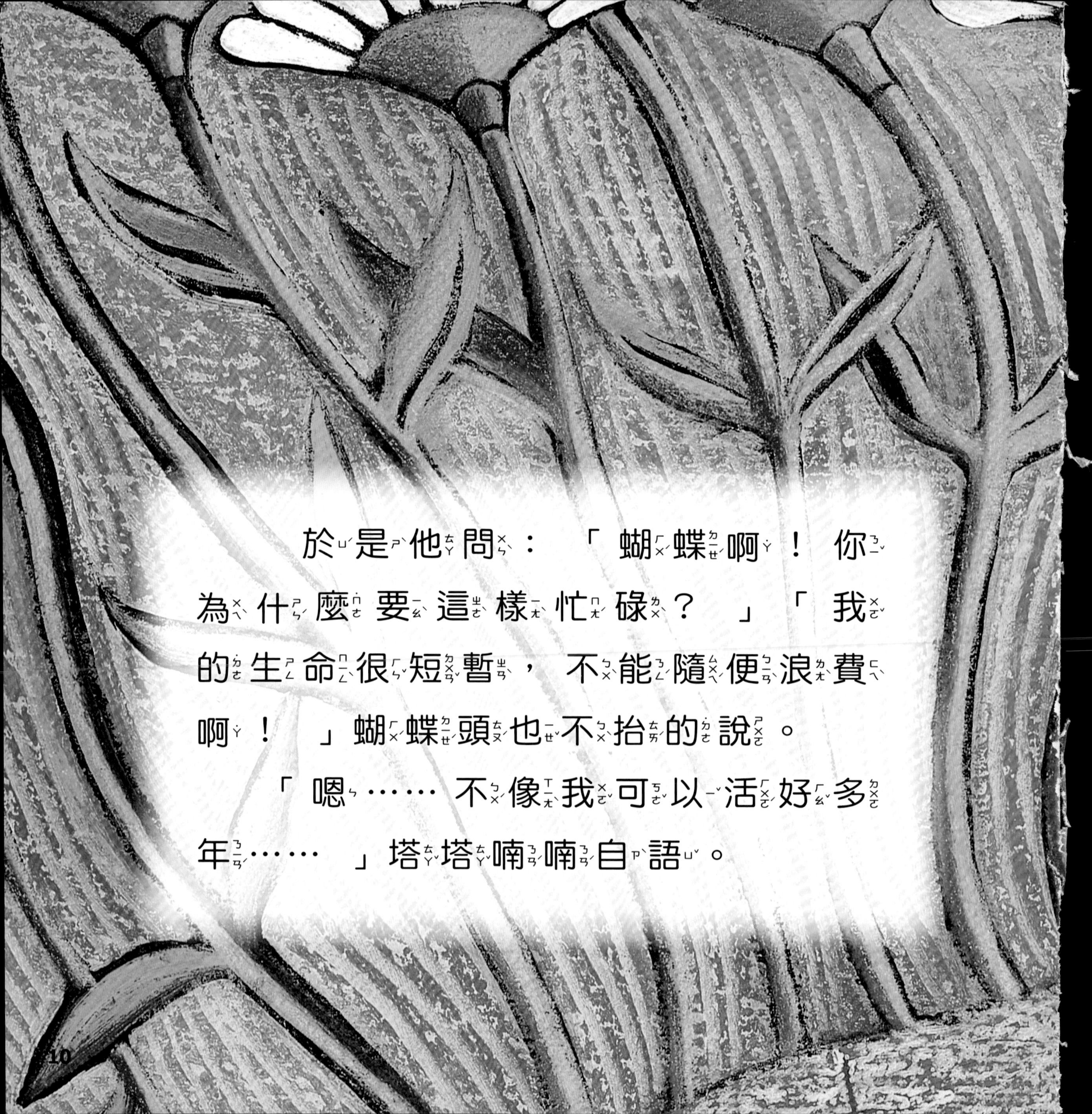

於是他問：「蝴蝶啊！你為什麼要這樣忙碌？」「我的生命很短暫，不能隨便浪費啊！」蝴蝶頭也不抬的說。

「嗯……不像我可以活好多年……」塔塔喃喃自語。

塔塔走到磨坊前，看到一列急速前進的隊伍，原來是螞蟻雄兵，他們個個揮汗如雨，背著重重的食物快步向前走。

「你們不能慢一點兒嗎？」塔塔好奇的問，卻沒有任何一隻螞蟻有空回答他。

塔塔不死心，跟著他們來到螞蟻皇后面前尋找答案，原來，如果螞蟻動作不夠快，就無法儲存足夠的糧食，度過寒冷的冬季。

「還好我要冬眠，睡個長長的好覺，春天就來了！根本用不著儲存食物。」塔塔心裡暗自鬆了口氣。

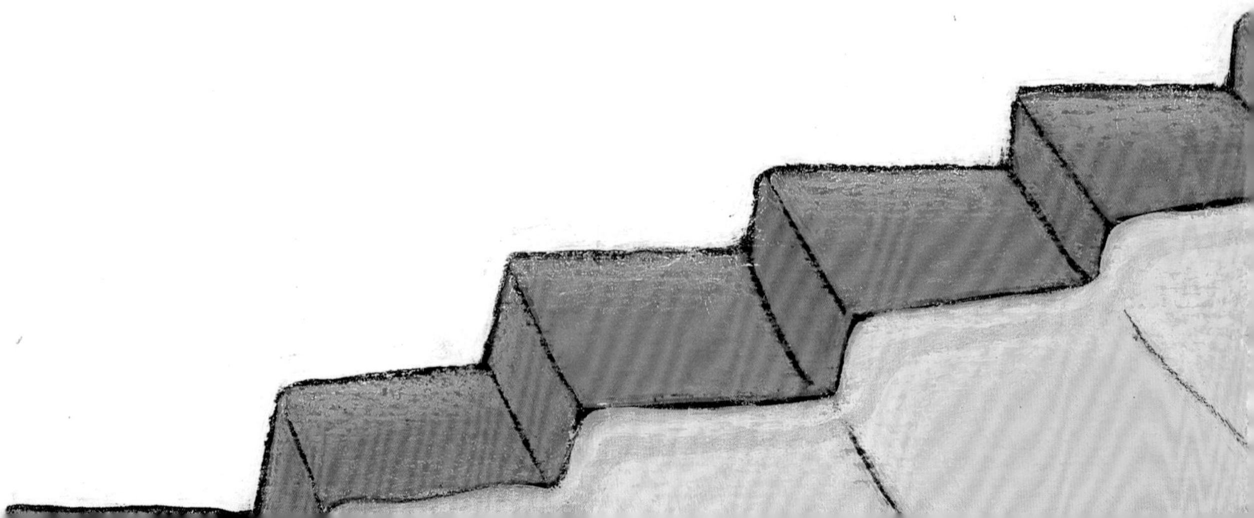

塔塔有點沮喪，因為他還是沒找到要「快」的理由，這時，天空飛來了一隻燕子，他趕緊問：「嘿！請您等一等，我想問您一個問題！」

「可是我現在急著築一個新的巢，再不快點就來不及了！」燕子帶著歉意說。

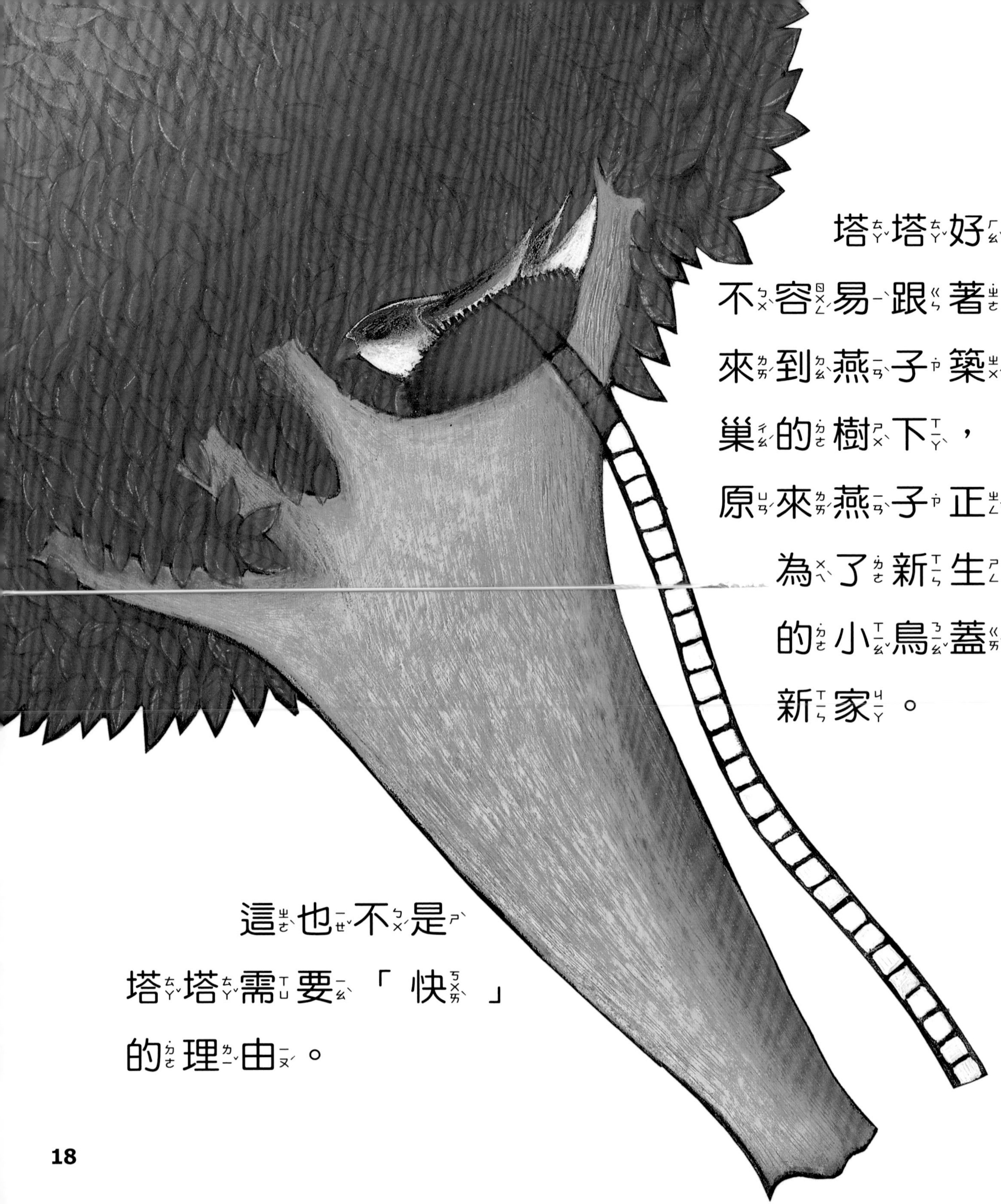

塔塔好
不容易跟著
來到燕子築
巢的樹下，
原來燕子正
為了新生
的小鳥蓋
新家。

這也不是
塔塔需要「快」
的理由。

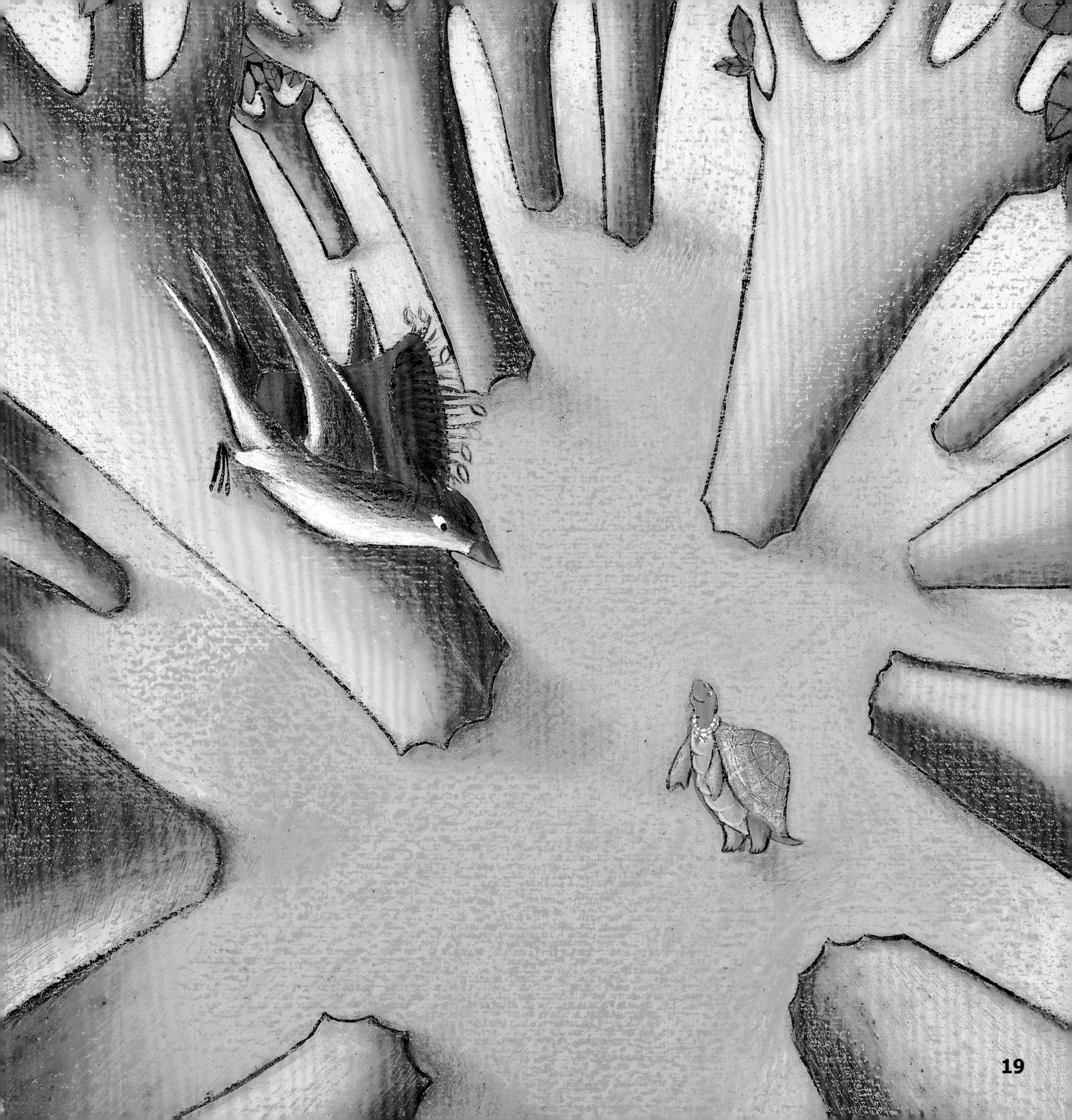

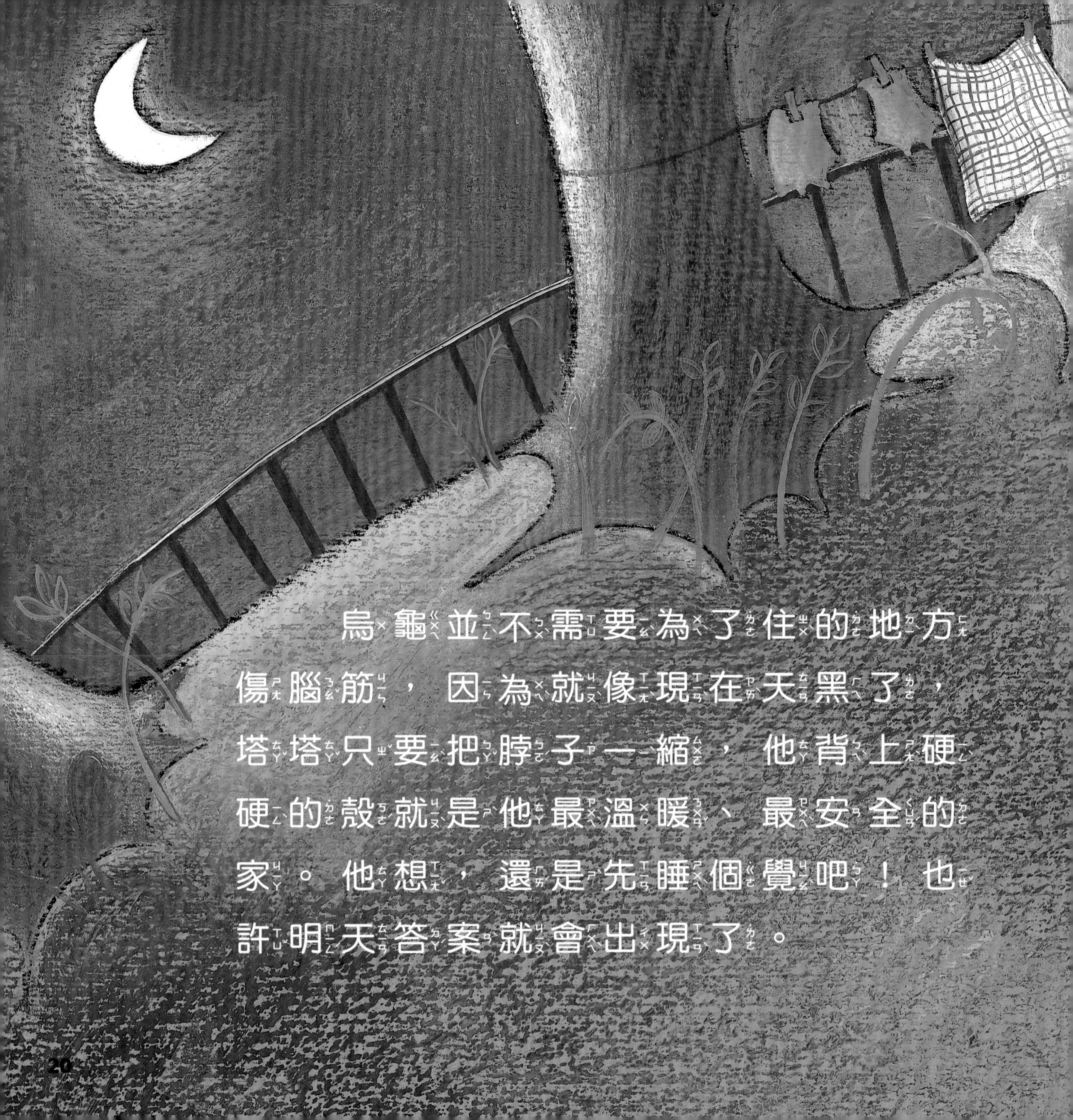

烏龜並不需要為了住的地方傷腦筋，因為就像現在天黑了，塔塔只要把脖子一縮，他背上硬硬的殼就是他最溫暖、最安全的家。他想，還是先睡個覺吧！也許明天答案就會出現了。

隔天一早，一位拿著公事包的男人急急忙忙從屋裡走出來，他在路上遇見了塔塔，急呼呼的說：「哎呀！我快遲到了，別擋我的路啊！我趕時間！」

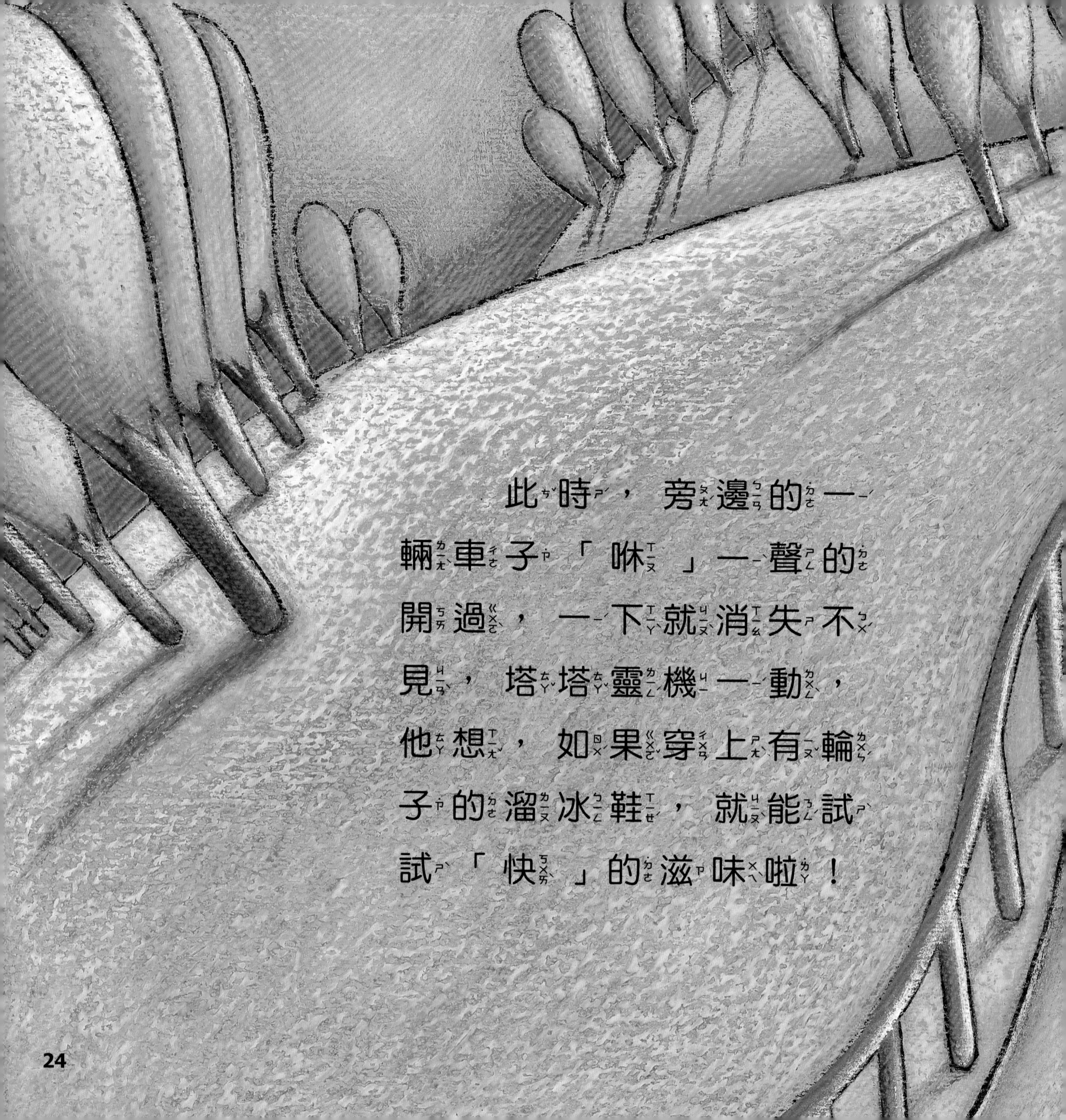

此時，旁邊的一輛車子「咻」一聲的開過，一下就消失不見，塔塔靈機一動，他想，如果穿上有輪子的溜冰鞋，就能試試「快」的滋味啦！

於是，塔塔穿上溜冰鞋，從山坡上往下溜，想不到，卻一路從山上滾到山下，摔得滿身都是泥，痛得他躺在地上哇哇叫！

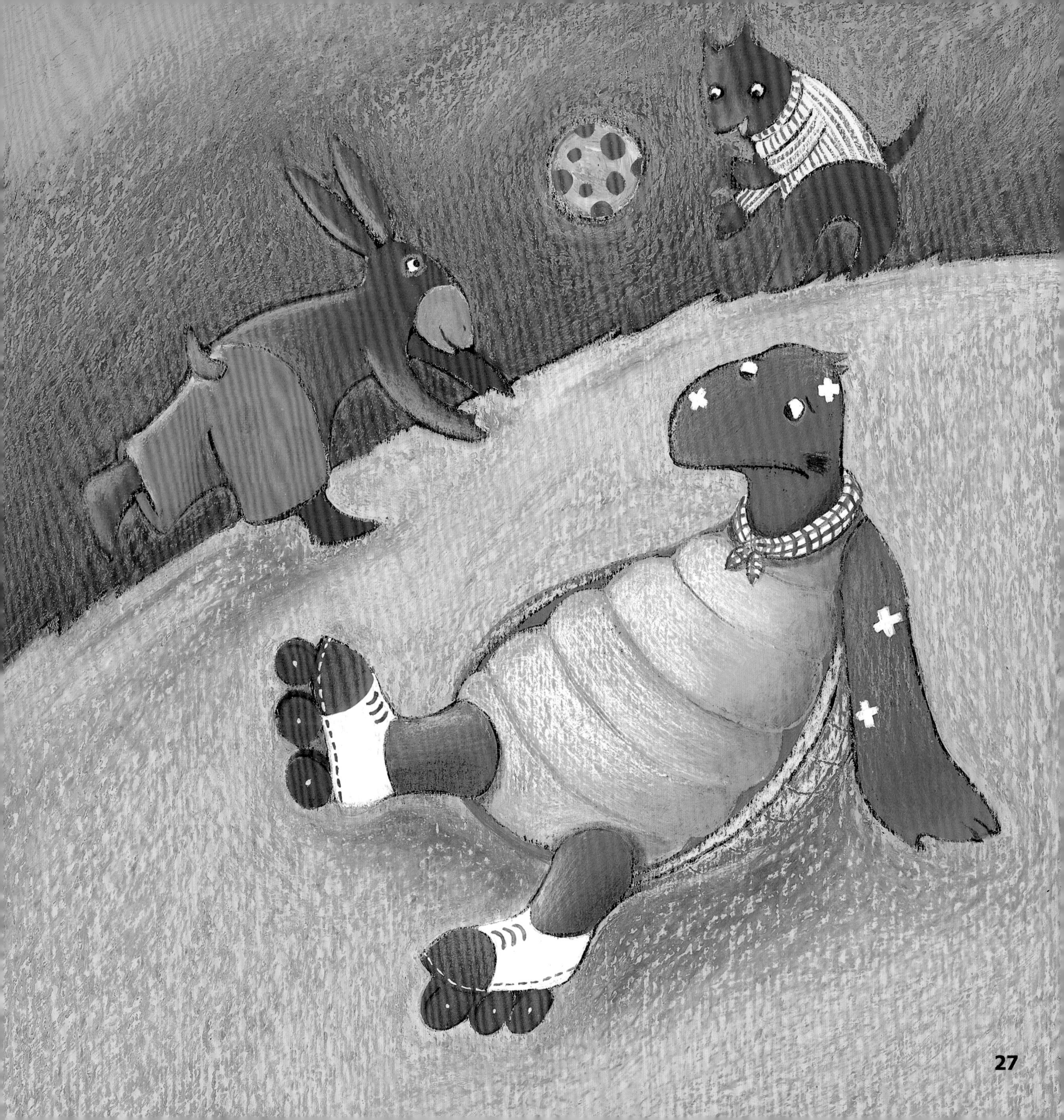

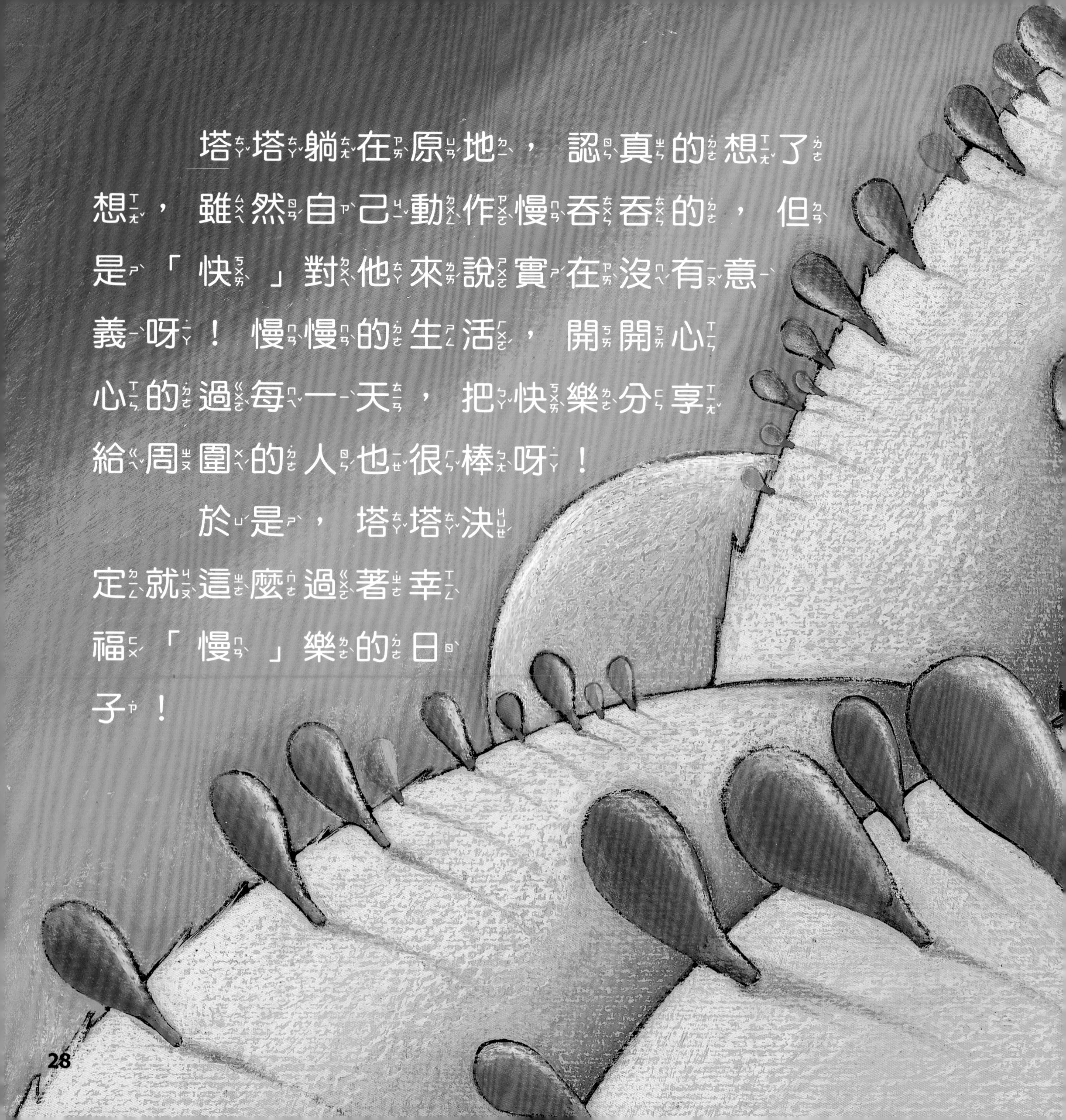

塔塔躺在原地，認真的想了想，雖然自己動作慢吞吞的，但是「快」對他來說實在沒有意義呀！慢慢的生活，開開心心的過每一天，把快樂分享給周圍的人也很棒呀！

於是，塔塔決定就這麼過著幸福「慢」樂的日子！